잃어버린 양말 한 짝을 찾아서

록산 뤼메레 글·그림
김세영 옮김

COMME UNE CHAUSSETTE ORPHELINE | ROXANE LUMERET

사랑하는 암컷 토끼를 바다에서 잃은 뒤 수컷 토끼는 슬픔에 잠겼습니다.

짝을 잃은 토끼는 너무나도 외로웠어요.

토끼는 그녀가 떠난 빈자리를 채우고 싶었습니다.
그는 그녀와 늘 함께하고 싶어서 그녀의 사진을 벽에 많이 걸었습니다.

하지만 시간이 흘러 사진은 누렇게 빛바래져 갔고
사진 속 그녀의 모습도 점점 희미해져 갔습니다.
토끼는 한탄했습니다. 곧 그녀의 모습을 볼 수 없게 될 테니까요.

토끼는 고민했어요.
어떻게 하면 사랑하는 그녀의 모습을 잊지 않고 간직할 수 있을까?
그때 좋은 생각이 떠올랐죠.

그녀를 닮은 토끼를 찾아 사진을 새로 찍기로 한 거죠.
토끼는 신문에 사진 모델을 찾는다는 광고를 냈습니다.

토끼는 자신을 사진작가라고 소개하고,
그녀와 가장 닮은 모델에게 큰 보상을 하겠다고 약속했어요.
토끼는 사진작가는 아니었지만 그런 척했죠.

다음 날이 되었습니다. 첫 번째 지원자는 가수였죠.

가수는 위풍당당하게 소파에 앉았습니다.

하지만 가수는 너무 말라서 그녀와는 닮지 않았습니다.

토끼는 가수에게 사과를 한 뒤, 나가는 문으로 안내했어요.
그런데 갑자기 가수가 뭔가를 발견하고는 양해도 구하지 않은 채
부엌으로 들어갔습니다.

부엌은 온갖 잡동사니가 창고마냥 쌓여 있었어요. 그녀를 잃은 뒤 토끼는 더 이상 요리를 하지 않았죠. 부엌에는 그녀의 물건이 담긴 여행 가방이 있었습니다. 가수는 그 물건을 보더니 감탄하며 외쳤어요. "어머! 사진 속 토끼가 하던 목걸이잖아!"

가수는 목걸이를 걸고 창문에 비친 자기 모습을 감상했어요.
토끼는 그 모습을 보고 슬펐다가 이내 분노가 끓어올랐습니다.
'감히 그녀와 닮으려 하다니!'

토끼는 끔찍한 짓을 저지르고 말았습니다.
가수를 지하 창고로 밀어 버린 거죠. 가수는 계단으로 굴러떨어졌습니다.
화가 잔뜩 난 그가 말했어요. “누구도 그녀를 대신할 순 없어!”

십오 분 뒤, 정원에서 새들이 지저귀는 소리가 들렸어요.
그리고 일초 뒤, 두 번째 지원자인 사육사가 앵무새들과 함께 나타났습니다.

사육사는 쾌활하게 소파에 앉았습니다.

당황한 토끼는 사육사를 둘러싼 열 마리도 넘는 앵무새 무리를 지켜봤습니다.

사육사는 정신없이 날갯짓을 해댔죠.

토끼는 사육사를 부엌으로 데려갔어요. 사육사가 앵무새들에게 물을 먹이고 싶다고 했기 때문이었죠. 그런데 앵무새 한 마리가 갑자기 토끼한테 날아와 왼쪽 귀를 부리로 쪼았습니다. 그가 내뱉었습니다. “쳇, 더 이상은 못 참아!”

화가 난 토끼는 사육사를 지하 창고의 바닥 문으로 데려갔습니다.
그는 가수에게 했듯이 고민도 없이 사육사를 지하 창고로 밀어 버렸습니다.

세 번째 지원자는 박쥐를 치료하는 치과의사였죠.
지원자는 우아하게 소파에 앉았습니다. 치과의사의 얼굴이 조금 빨갛게 물들었습니다.
토끼는 그녀를 닮은 치과의사의 모습에 마음이 순간 몹시 혼란스러웠어요.

치과의사가 토끼에게 말했어요.

“당신은 치주염을 앓고 있어요. 잇몸 관리를 잘 하지 않으면 이빨이…….”

그는 치과의사 말에 “남의 일에 신경 끄시지!”라고 신경질적으로 반응했어요.

치과의사가 계속 말했어요. “칫솔질은…….”

“그만!” 토끼가 울부짖었습니다. 토끼는 치과의사도 지하 창고로 밀어 버렸습니다.

“칫솔질은 내가 하고 싶을 때 한다고!”

네 번째 지원자는 박물관에 전시된 해골의 먼지를 털고 관리하는 일을 했습니다.
지원자는 아주 천천히 의자에 앉았습니다. 나이가 많아도 너무 많았죠.

토끼는 다른 토끼들처럼 마지막 지원자도 치워 버렸습니다.
지하 창고는 토끼가 밀어 넣은 토끼들로 가득 찼습니다.
갇혀 있는 토끼들이 문을 쾅쾅 두드렸습니다.

그녀를 닮은 토끼를 찾는 일에 실패한 그는 몹시 지쳤습니다.
해 질 무렵, 그는 마치 잃어버린 양말 한 짝이 된 것처럼 홀로 외롭게
한숨을 내쉬며 잠들었습니다.

다음 날, 그는 다른 토끼들을 다시 맞았습니다.
회계사인 지원자는 지나치게 꼼꼼했습니다.
보상금 액수를 일 원 단위까지 정확히 알고 싶어 할 정도였죠.

말 안마사인 지원자는 너무 비대했어요.
그는 인내심을 점점 더 잃어갔지만, 그녀와 꼭 닮은 토끼를 찾으려 했습니다.
그녀와 닮은 토끼가 하나쯤은 있을 거라고 생각했으니까요.

토끼는 몇 번째인지도 모를 지원자를 맞았습니다.
쌀알 감별사인 지원자는 토끼가 놀라서 꼼짝도 못할 정도로 매우 작았습니다.
작아도 너무 작았죠!

토끼는 쌀알 감별사도 치워 버렸습니다.
지금까지 만난 어떤 지원자도 그녀를 닮지는 않았어요.
토끼는 마음이 피폐해졌습니다. 그녀가 무척이나 그리웠습니다.

그는 기다림에 지쳐갔어요. 지원자 하나하나가 오히려 사랑하는 그녀의 빈자리를
더 크게 만들고 말았습니다. 토끼들을 모두 창고에 가둬 버렸고,
그는 이제 무엇을 해야 하나요? 그는 괴물이 되어 버렸습니다.

그 시각, 지하에 갇힌 토끼들은 그를 저주하고 있었어요.

지하 창고의 문은 빗장으로 굳게 잠겨 있었습니다.

토끼들은 지상으로 나오기 위해 지하 통로를 파기 시작했습니다.

그러다가 토끼들은 차갑고 어두운 벽 너머로 물이 흐르는 지하도를 발견했습니다.
바로 마을의 하수구였어요. 하수구에 살고 있던 동물들이 반갑게 인사를 건넸습니다.

토끼들은 자신들이 겪은 일을 털어놓았습니다.
동물들은 그 이야기를 듣고 분개했습니다.
개구리, 쥐, 바퀴벌레, 거미 들이 토끼들에게 하수구를 안내했습니다.

전쟁 이후에 방치된 탄약 상자를 발견하고는 토끼들은 기발한 생각을 떠올렸습니다.

그들은 다이너마이트를 여러 개 모아서 폭탄을 만들고

하수구의 맨 끝에서 불을 붙였죠.

새벽에 토끼는 큰 폭발음을 듣고 잠에서 깼습니다. 토끼는 자기 앞에 놓인 광경과 소리를 믿기 힘들었습니다. 집은 반쯤 부서졌고, 정원은 폐허가 되어 버렸죠. 보이는 건 모두가 황폐해져 있었습니다.

토끼들이 지상으로 올라와 소리쳤습니다.

"우리가 당하기만 할 거라고 생각했어? 꼴 참 좋다!"

그는 완전히 무너져 버렸습니다.

이웃 주민들도 토끼에게 항의했습니다.
이웃집들도 폭발 충격으로 흔들리고 무너질 위험에 처했기 때문이었어요.
그는 집 안 깊숙이 틀어박혔습니다.

토끼들은 헤어지기 전에 서로 주소를 주고받고, 곧 다시 보기로 약속했습니다.
치과의사만 그에게 화가 나지 않았습니다. 그래서 그에게 양상추를 남기고 떠났죠.

토끼는 도저히 밖으로 나갈 수 없었고 점점 야위어 갔습니다.
어느 날 아침, 그는 허겁지겁 양상추를 뜯어 먹다 이빨 두 개가 부러졌습니다.
치과의사는 우편함에 도자기로 된 명함을 남기고 갔습니다.

일주일이 지나, 토끼는 결국 두 손 두 발을 다 들었습니다.
치과의사에게 치료를 받기 위해 병원을 방문한 거죠.
그는 대기실에 있는 환자 중 유일한 토끼였습니다.

처음 본 그날처럼 두 토끼는 서로 설레는 감정을 느꼈습니다.

그녀와 완벽하게 닮지 않았다는 이유로

그가 저지른 짓을 치과의사는 용서해 주었습니다.

토끼와 치과의사는 영화관, 박물관, 수영장에서 데이트를 했습니다.
함께하는 시간은 몹시 즐거웠고, 둘은 뗄 수 없는 사이가 되었죠.

토끼는 지난 잘못을 바로잡고자 폭발 현장에 있었던 친구들의 도움을 받아
큰 진료실을 지었습니다. 치과의사는 이제 박쥐뿐만 아니라
모든 동물들을 치료할 줄 알게 되었거든요.

둘은 아주 잘 어울리는 한 쌍이 되었어요.

그리고 토끼는 비로소 깨달았습니다.

특별하고 잊지 못할 그녀와 완벽히 닮은 존재는 세상에 없다는 걸 말입니다.

글·그림 록산 뤼메레

알자스 지방에서 태어나 스트라스부르 미술대학에서 수학했다.
작가이자 일러스트레이터로 활동하며 그림, 만화책 그리고 아이들을 위한 책을 만드는
일에 푹 빠져 있다. 지은 책으로는《쥐라기 캐러멜》,《큰 개와 나》가 있다.

옮김 김세영

여섯 살 딸과 함께 그림책 보는 시간을 좋아한다. 교양방송과 영화 그리고
아이들을 위한 책을 번역한다. 옮긴 책으로는《너구리 세탁소》,《질문하는 우산》이 있다.

잃어버린 양말 한 짝을 찾아서

초판 1쇄 2023년 12월 27일

글·그림 록산 뤼메레
옮긴이 김세영
펴낸이 박경순
디자인 강경신

펴낸곳 북플랫
출판등록 제2023-000231호(2023년 9월 12일)
주소 서울시 마포구 토정로 222 306호
이메일 bookflat23@gmail.com

ISBN 979-11-984934-2-2 03860

Originally published in French by Editions La Partie under the title
COMME UNE CHAUSSETTE ORPHELINE

• 책값은 뒤표지에 있습니다.
• 파본은 구입하신 서점에서 교환해드립니다.